ANTOLOGÍA POÉTICA 2

**Maclug d´Obrheravt: Tarragona.
Antonia Pilar Villaescusa Rius:
Barcelona.
Concha Pelayo: Zamora
José Luis Insausti Urigoitia:
Euskadi.
Francisco Laguna: México.
Micaela Serrano Quesada:
Barcelona.
David Giracca: Argentina.
José Bedia González. Estados
Unidos.**

**MACLUG   D´OBRHERAVT
Coordinador y editor.**

MACLUG D´OBRHERAVT
Poeta bretón.
romeromarc2011@hotmail.com

POESIA MACLUGIANA

La que yo canto al alba,
cuando la paloma arrulla,
la alondra trina.
y gorjea la calándria.
Otra vez conmigo mismo.
Volverme a expresar
con mi poesía maclugiana.

Maclug d´Obrheravt

Del libro: "El baile de los Poemas"

CERVANTES

Miguel de Cervantes,
ya lo dice el apellido
era de Cervantes,
un pueblecito perdido
en la montaña zamorana.

Lo dijo en su mejor libro,
de manera extraña.
Sin que se notara
lo que su nariz
a gritos exclamaba:
"¡Soy judío de Sanabria!".

Si yo fuera estudiante
comenzaría a investigar
qué tiene que ver Cervantes
con la tierra zamorana.

Maclug

REALIDAD

Desde mi ventana veo
como una gaviota vuela
detrás de una paloma.
Sin piedad la flagela.

La vida es dura
nadie puede impedir
que la gaviota coma.
Es su forma de vivir.

Me gustan sus alas blancas
sobre el azul del cielo.
Al ver la fiereza de sus garras
queda de lado todo lo bello.

Hay hombre fuertes y voraces
que abusan de los pequeños.
Por ello es obligación de los capaces
hacer vivir en entendimiento.

Maclug d´Obrheravt.
Del libro: "Coplas desde las
Almenas"

ADIOS

A la que me inspiraba,
con la que el mundo
iba a conquistar.

Tengo que irme,
recordando su cara
podré caminar.

Hoy el gaitero
tiene que ir a cantar.

Aunque lleve la pena dentro,
por fuera reirá.
Sólo encontrando otro sentimiento
lo podrá superar.

Haz que sobre su cama
nuevas rosas rojas
florezcan al despertar.

Maclug d´Obrheravt
Del libro: "Tierras de Lug"

A LA FRANCESA

Te fuiste a la francesa,
quizás fuera tu urgencia,
el ser madrileña...
Quizás que los perros
tengan celos de los
poetas.

Qué dura
es la vida del poeta,
si tú, en la noche oscura,
sin decir nada,
a fumar te alejas
y dejas
que en el Nuevo Año
mi alma, por ti,
padezca.

Maclug d´Obrheravt
Del libro:
"Coplas desde las
Almenas"

A JOSE ROMERO DIEGO

Llaman a baile
los tambores
y la gaita de fole.

Está tocando en el pueblo
el gaitero
José Romero Diego.
Su canto alegra las flores.

Ya llegan las mozas a la plaza.
Ya se arremangan las faldas.
Ya brincan los mozos
oyendo la gaita.

Baila y toca José
con toda su alma.
Su alegría
toda la Sierra empapa.

Cuando llega Agosto
y la cosecha está guardada
vuelven a Ferreras los gaiteros
a tocar la música añorada.

El zamorano que la oye

llora de alegría, sin lágrimas.
Es ver a José y el Fole
revivir fiestas pasadas.

Maclug d´Obrheravt.
Del libro: "El Baile de los Poemas"

PIEDRA BLANCA

Que, de noche, era de noche
y la luna alumbraba
cuando se fueron los dos
entre jaras y retamas.

Ella tenía todo el calor en las
entrañas
él, no paraba de mirarla.
Los dos juntitos temblaban.

Que de noche era de noche
cuando la luna alumbraba.
Los dos enamorados se perdieron
al lado de la Piedra Blanca.

Maclug d´Obrheravt
Del libro: "Tierras de Lug"

LOS ÁNGELES

¿A dónde vas Marc?
¿De dónde vienes?
¿Es ésta tu suerte?

Navegar y navegar.
Andar y nadar por el mundo
hacia un incierto final.

Dedicaste parte de tu tiempo
a vegetar
Otras horas fueron,
¿Que fueron? Engaño.
Y tú perdiste los días y los años
en creer que eras feliz
y fuiste engordando,
creyendo que así podrías morir.

Te equivocaste
y has pagado tu error, lo estás
pagando.
Sigues vivo y aguantando
Buscando en cada flor

un motivo de existir.

No te vale la experiencia pasada
la quieres borrar de ti,
la insultas,
siendo que es a ti a quien insultas,
le echas la culpa,
 eres tú el culpable.

Y a los amigos no los llamas
Te buscas enemigos.
Te gustaría vivir en otros tiempos
en que esto acababa en los
cementerios.

Pero no tiene que ser así…
el Tiempo me curará...
ya va para mucho tiempo.

A mí me parece una eternidad.
cada día que pasa es un día más de
sufrimiento.

Debería ser al revés,
ir olvidando,
ir viendo pasar el tiempo
y no es.

Tengo que inventar un remedio:
borrar de un plumazo el terreno,
el lugar.
No estuve donde yo creo que estuve,
no viví con nadie,
no viví.
No lo recuerdo.

Si hubo alguien,
para mí está muerto.
No volver a pisar aquel terreno.
tengo que protegerme,
no va a ser el pasado eterno
y yo no voy a ofrecerle más carne a
los perros.

Tengo que creer en los Ángeles,
mis protectores, mis compañeros,
Cuando se vayan,
me iré con Ellos.

Maclug d´Obrheravt:
"El Baile de los Poemas"

BOLERO DE ALGODRE

Las mujeres miran y aplauden
y seis de ellas bailan.
Tres hombres salen
y uno toca la dulzaina.

Vestidas de largo
levantan, un poco la falda
y comienza el Bolero
con toda su salsa,
mucho movimiento
y muy recatada.

Se le ven mucho los zapatos,
medias y fajas,
Un hombre para dos hembras,
ir y venir con mucha gracia
pero verse, lo que se dice verse,
de pierna, no se ve nada.

Comienza el Bolero
Con toda su salsa.
Ahora que en la calle
todas muestran las nalgas...

Bolero de Algodre,

lo que me gusta tu música,
lo que me gusta tu danza,
y lo poco que enseñan
las piernas, o lo nada.

Actualiza tu vestuario
y dale aire a la falda
y los hombres que enseñen pecho,
que se nos queda desierta
de parejas la montaña.
Y así, habrá más alegría,
al ver más alta la falda.
Las niñas bonitas
para poder ligar
tendrán que quitarse
toda esa parafernalia

Se la quitan, se la quitan…
sabedlo, desde ya,
viejos y viejas del lugar.
No se van a quedar
sin enseñar las nalgas.

Maclug d´Obrheravt
Del libro. "El baile de los Poemas"

EL JUEGO DEL AMOR.

Este es un juego cruel,
te veo en la terraza del bar
sin saber qué hacer.
Te digo: ¿te vienes conmigo?
Y prefieres beber.

Te va bien el jugar.
Eres diestra en quedar bien.
Yo disimulo,
no ha pasado nada,
no tiene importancia.

Me conformo
con tener, de vez en cuando,
tu mirada.

Maclug d´Obrheravt
Del libro: "El Baile de los Poemas"

FÉMINA

Belleza como la de Fémina
no vi jamás,
ni en playas, ni en cenas,
ni en camas…

Fue un día,
cn aqucl pucrto,
lleno de misterio,
cuando la conocí
en el Restaurant.

Es Fémina
dulzura al hablar,
cariñosa en las maneras,
melosa; tan graciosa,
que yo creyera
estar ante una diosa,

Afrodita divina,
llamarse pudiera,
a ella le pusieron Fémina,
de pequeña.

Ahora, que ya creció,
está, si cabe, más guapa.
con su sonrisa diáfana,
su mirada clara,
su piel tersa,
y en el alma: la Inocencia.

Maclug d´Obrheravt:
"El Baile de los Poemas"

ANTONIA PILAR VILLAESCUSA RIUS.
Poetisa catalana.

ALGÚN DÍA.

Algún día, volará la poesía
lejos del alcance de los poetas
y mi corazón latirá de pena y
conmoción.
Algún día, habrá flores rojas en el
mar
y nidos de gaviotas
en cada barca del pescador
buscando su hogar y su paz...
Algún día, se cerrarán las ventanas
del cielo
y será difícil entonces ver las
estrellas
y las nubes arduas con sus eternas
prisas...
Algún día, será invierno en mi
morada
pero hoy, aún es primavera
y mi cuerpo espigado
como el de una virgen amada

pide rosas y nunca llanto.
Algún día, despacio se irá la vida
y mi cuerpo será como un fragante
incienso
volará como vuela el jilguero
de rama en rama, de clavel en
clavel...
Algún día, vendrá a buscarme el
adiós
pero yo llevaré
las llaves de la eternidad en el
corazón
y me iré tranquila, sin miedo,
ahogada en un suspiro
buscando la puerta de la eterna
felicidad.

Autora:
Antonia Pilar Villaescusa Rius
Lágrima Dorada.

AMO.

Amo la lluvia, el sol y los
atardeceres.
amo la tristeza,
la que me envuelve de melancolía
y acuden los recuerdos
que me llenan el alma día a día...
Amo la vida, y la quiero adherida a
mi cuerpo
con mi sudor, con mis miedos y mis
nostalgias.
La vida, con su faz risueña
fuente eterna, manantial de colores,
ella me ha enseñado
las cosas más bellas que he gozado...
Me ha enseñado que el amor,
es la única verdad
que salvará a este mundo.
Que un mundo de manos unidas
es un mundo inquebrantable.
Y en esa furia de recuerdos
me he dedicado a contemplar tu
pelo,
la oscuridad de tus ojos,

sumar una por una las estrellas del
cielo
enamorarme de la melancolía
que aflora en el invierno.
Amo, todo aquello
que enerva a momentos mi vida
y me sumerjo en esa añoranza
mientras contemplo tu cabello que
me cautiva…

Autora:
Antonia Pilar Villaescusa Rius.
Lágrima Dorada.

CONVERSACIONES CON MI ADOLESCENCIA.

No sé con qué intensidad me has
amado
ni tampoco sé
en que primavera del año floreció
ese amor
amor que hoy me confiesas sin
pudor.

No sé, lo que signifiqué para ti
ni cuantas noches deseaste mis
besos
yo, tenía otro amor entre mis dedos
otra piel pegada a la mía
otro hombro con quién
descargar mis penas...
Eran, mis quince años llenos de
esplendor.
No sé, si tus sueños
eran los que me asaltaban cada
noche
ni si mis desvelos eran tu fuerza
que los provocaba desde lejos...
Hoy, me dices cosas que no sabía,
no quiero hacerte daño
pero para mí, siempre fuiste un
amigo...
No sé cuánto me has amado
pero reconforta el alma
saber que para alguien
he sido, sin rozarme, ni besarme
lo más importante de su vida.
Autora:
Antonia Pilar Villaescusa Rius.
Lágrima Dorada.

POÉTICAMENTE HABLANDO

Eres la calma en la playa.
La bravura en alta mar.
Llevas acordes de sirenas.
Habaneras que vibran
bajo un ron ardiente…
Tormentos que se embarcan.
Misivas a la deriva.
Pasiones desatadas.
Hombres y mujeres que se aman con
pasión.
Mensajes de ternura.
Botellas que transportan dolor.
Brújulas silenciosas.
Capitanes a la deriva.
Uniformes de pureza.
Anclas con tormento.
Atardeceres de oro.
Barcas con nombres de poetas.
Mujeres aguardando al marinero.
Fría. Intensa. Ufana. Poderosa.
Así eres tú mar,
poéticamente hablando...

Autora:
Antonia Pilar Villaescusa Rius.
Lágrima Dorada.

MARINERA

Quise ser marinera navegar por tu
vida. Llevar el timón de tu camino.
Mostrarte el mar en todo su
dominio.
Quise anclarte en mi pecho contra
viento y marea perderme contigo
hacia el horizonte donde aborda el
océano profundo…
Y en mi tremenda obsesión, al
sentirme sola y perdida sin ti, nadé
sin freno, como una loca, para
arrebatarte un solo beso de tu fresca
boca.

Autora:
Antonia Pilar Villaescusa Rius
Lágrima Dorada

NO LLORES.

No llores.
Tú no debes llorar.
El llanto amargo de las hojas
nunca debe afligirte
nunca debe anidar en ti.
Es su destino.
Destino de hojas pisadas.
Destino de hojas desgranadas.
Hojas que van y vienen.
Que nacen y mueren.
Hojas que tiemblan por el viento que
las arrastra.
Y su esqueleto,
como un humo de incienso,
cae abatido al suelo.
Su ciclo ha terminado.
Alfombras de hojas muertas
que aún adornan las avenidas de la
ciudad.
Hojas que gimen con las pisadas de
la gente.
Hojas que cubren el gris asfalto de
las calles.
Hojas que fueron bellas y queridas
en su día.

Pero tú, no debes llorar.
Es su destino.
Brotarán nuevas hojas pequeñas de
un verde esplendoroso.
Y crecerán,
y serán la sombra o el atavío de
nuestras vidas,
de nuestros jardines.
Todo madura. Todo termina.
Es el ciclo de la vida.
No llores. Ese es su destino.
Autora:
Antonia Pilar Villaescusa Rius.
Lágrima Dorada.

NOS DORMIMOS.

Y nos dormimos,
después de aquella noche
que fue interminable para ti y para
mí.
Nos dormimos,
bajo una almohada de sueños
en la cumbre de nuestros deseos
en una hora que el reloj
quiso detener su camino

y sació con su silencio
nuestra inquietud más certera.
Nos dormimos,
abatidos, exhaustos,
bajo los efectos de unas copas
y de nuestros sudores excéntricos.
Nuestros cuerpos habían hablado
solos,
después de tanto delirio y frenesí
contenido.
Nos dormimos abrazados
observando el cielo estrellado,
y musitando poemas de poetas
enamorados.

Autora:
Antonia Pilar Villaescusa Rius.
Lágrima Dorada.

POR SI ACASO.

Por si acaso,
por si me confinan de nuevo
por si la sombra
vuelve a ser mi compañía,
por si cierran por completo mi
puerta

por si me prohíben vivir la vida.
Por si acaso,
por si detienen el aire y la brisa
por si ponen murallas en la mar
por si arrasan parques y jardines
y dejan secos los mares y los ríos.
Por si acaso,
por si mi ventana se oxida de nuevo
por si los almendros florecen con
miedo
por si el sol nos castiga
y amanecen nubes negras
en mi casa y en mi vida.
Por si acaso,
por si las horas dejan de ser distintas
por si el miedo se acomoda en mi
pecho
por si la pereza se vuelve mi mejor
amiga
por si no puedo volar
porque me parten las alas.
Por si acaso,
me iré al refugio de mi alma
donde los sueños me den alimento
donde el sol salga cada día
donde los arroyos de mis ojos sigan
con vida

donde haya un remanso de
esperanza
para escribir día tras día...
Allí me iré, allí me quedaré
refugiada entre las paredes de mi
alma
por si acaso me quitan la vida
y me confinan de nuevo algún día...

Autora:
Antonia Pilar Villaescusa Rius.

MIS OJOS SON COMO TÚ QUIERAS...

Hombre,
yo no quiero de ti un beso
que me recuerde a la niñez
ni quiero esencias
que me trasladen a la vejez,
si quieres, te ofrezco mis ojos claros
mis párpados trémulos
mi incipiente desnudez
que no habla, pero que se exhibe
bajo el claro azul de tu mirada.

Cuando tu boca tiemble
entre los pliegues de mis párpados,
cuando quieras amarme
sin lastimar mi piel
sin ofender mi inocencia
ni enmascarar mi primaria osadía,
bebe sereno
del manantial de mi ojos
protégeme tranquilo
en tu seno maduro,
acógeme en paz,
que yo sea un remanso de luz
para tu cansancio
que yo haga de mis ojos un lecho
donde tu alma peregrina descanse...
Besa mis párpados
como si fueran agua bendita
y emborráchate de la claridad
de mi mirada.
Autora:
Antonia Pilar Villaescusa Rius.
Lágrima Dorada.
Réplica al poema:
"Como han de ser tus ojos" de León
Felipe.

VEN

Ven, y no tardes...
Ya la aurora ha llegado.
Ya inmóvil está la mañana
esperándote.
Ven, con el primer rayo de sol
encendido,
con tu sonrisa de amapola
y en la garganta un bello suspiro...
Ven, te estoy aguardando aquí,
en esa esquina soñolienta,
despierta,
y en ti soñando,
con ese cántico sutil de mis labios
que sé que te deleita.
Ven, y no tardes.
Llevo flores frescas recién cortadas
y en mis labios un beso confinado
un beso de amor que te espera
callado…
Autora:
Antonia Pilar Villaescusa Rius.
Lágrima Dorada.

ME QUIERO ASÍ.

Me quiero así.
Con el viento a mi favor.
Con mis nubes de ensueños.
Con mis días locos.
Como una amapola roja
buscando amor en un desierto.
Mc quicro así.
Con mis pájaros en mi cabeza.
Con mi desespero y mi esperanza.
Con mi sonrisa de niña buena
mi mundo de incienso
y mi demonio escondido entre mi
pecho.
Me quiero así.
Sin parecerme a nadie
con la frase de:
"Antes muerta que sencilla"
con mis amores secretos
y mis sentidos excéntricos que se
desatan en un momento.
Así me quiero.
Como un huracán
que jamás partirá mi alma.
Como una muralla de porcelana.
Como una bocanada

atrevida y osada.
Así soy yo a veces, a ratos, a
momentos,
un poco ángel
y un poco demonio...
Autora:
Antonia Pilar Villaescusa Rius.
Lágrima Dorada.

CONCHA PELAYO
Poetisa zamorana

Concha Pelayo
Escritora/ Gestora Cultural
Miembro de AECA y
AICA, FEPET y ARHOE
Viajar y contar (viajes, arte, poemas,
imágenes...)
Teléfonos: 980-119-917/ 650-405-
250
Calle La Vega 34 adosado 11
49026 Zamora

SENSACION

No sé qué siento
Cuando tus labios en los míos
El tibio beso.

No sé qué siento
Cuando tus manos en las mías…
Yo entremezclo.

No sé qué siento cuando tus brazos
me rodean.
Calor de amor
Es un sueño.
Es amor.

ANGUSTIA

Porque eres hombre de otra
No puedo yo ni quererte.
Pero si el amor brota
Como agua de la fuente.

¿Por qué ponerle barreras?
Si la fuerza que éste lleva,
Brinca, salta, corre, vuela

¿Y no puede detenerse?

Cuánto amor desperdiciado.
Cuántos milagros perdidos
En esos besos robados
Que tú siempre me has pedido

Y que yo nunca te he dado.

UN REGALO

Quisiera hacerte un poema
Que te saliera del alma.
Quisiera expresarte en él,
Todo lo que a mí me pasa.

Más la musa no me viene,
Algo me falta.
Acaso de tanto amarte
Se me ha vaciado el alma.

Si mis ojos no se llenan
Con la imagen de tus ojos.
Si mis manos temblorosas,
En las tuyas no se calman.
Es porque te estoy queriendo,
Te estoy queriendo con ansia.
Con una sed que me abrasa.
Que siento que no se apaga.

DÁDIVA

Y fue un dulce martirio,
Mi miserable dádiva.
Y fue fugaz quimera
El goce de mis entrañas.

Aquellos suspiros tuyos
Se grabaron a fuego
En mi alocada alma.

Si en esta entrega mía
Vuelves a sentir calma
No importan mis temores.
Ya no me importa nada.
Tú me lo has dado todo,
Yo no te he dado nada.

TORRENTE

Quisiera yo cultivar
En mis entrañas vacías
Un pedacito de carne
Que dulcemente amasado,
Pudiera yo darle vida.

Quisiera que tu semilla
No cayera en tierra yerma.
Quisiera que con tu amor
Pudieras darme una vida.

Quisiera que me quisieras,
Como hoy, toda la vida.
Quisiera que fueras mío,
Más y más y cada día.

PREÁMBULO

Sus áureas pupilas transparentes
Vinieron a enturbiar mi alma en
calma
Y estando mi quietad en torno al
alba,
Resbalaron sus manos inocentes.

Mi cuerpo adormecido despertando
Y la piel dilatada en sus erizos
Y sus poros abriéndose en su
hechizo
Y recordé sudores de hace tanto.

Buscó mi mano calor en tu mano,
Mi pecho ardiente enjugando su
pecho
Y nuestras bocas un pacto sellando.

Y mi aliento reclamando su aliento
Y mis ojos prendidos en sus ojos.
Dos corazones latiendo al momento.

JUEGOS

Mi cuerpo adormecido despertando
La sangre galopando por mis venas
Saliéndose de mí todas las penas
Los muslos transparentes y
tensados.

La espalda que se cae sobre la tierra
Y los pechos temblando como
nardos.
La mirada oculta tras los párpados.
Los suspiros se oen en la sierra.

Su galopar incansable, trotando.
Mi cuerpo, lanzando al aire
relinchos.
Mis ansias de él, pronto mitigando.

Su boca entreabierta en un mudo
beso,
Su mirar relajado y sonriente
Sus manos en las mías, muy
calientes.

CONCIENCIA

No me importa el juicio de la gente,
no
Pero me importa el juez de mi
conciencia
Que araña sin piedad mis
sentimientos
Con implacable afán de propia
enmienda.

Y pienso Dios, que aun siendo yo
inocente,
Mi alma torturada y abatida,

Ya lucha con mi carne impenitente
En batalla cruel y a la deriva.

Y no pudo aguantar la carne mía
El susurro de amor que me acosaba
Y así fui pecadora atormentada.

Y me alejé de Ti, sin meditarlo
Y aquel remordimiento, en mi
naufragio.
Me volvió Dios a ti, en aquel barco.

(Premio Nacional de Poesía
CAMPSA
1978),

AUSENCIA

Las horas de ausencia,
La lejanía de su presencia.
He sentido los celos del viento,
Del aire,
Del aire que besa su aliento.
He sentido su voz
Susurrando a mi oído palabras de
amor.

He sentido mi mente embriagada de
él…
Y alejarse el mundo de mí.

NO HUYAS, AMOR.

Amor. ¿por qué huyes?, dejando tan
sólo
Tu cuerpo, plagado de hastío
¿Mis labios sin besos, tan fríos?

Un día llegaste y vagaste errante,
Todo mi cuerpo flotaba,
Irradiaba ilusión, estaba anhelante.

El amor es el viento que viene y va
A veces me trae recuerdos
que nunca más volverán.

PERDIDA EN MI VIENTRE

Mi pequeña, tú vagabas
Suavemente

Aprisionaste mi alma
Cuando mi imaginación volaba,
Cuando tú, todavía, no eras nada.

Y mi aliento reclamó tu aliento
Y mis beos buscaron tus besos
Y tus manos rozaron mis pechos.

Y tú lejos, pérdida en mi vientre
Y aún en la nada.
Buscabas con ansia lo que yo
buscaba

MI NIÑA

Mi niña bonita
Mi niña del alma
Que besos tan tiernos
Me dabas al alba.

Con tus brazos suaves
Y tus manos cálidas,
Con calor inmenso
Rozabas mi cara.

No hay nada más bello
Más puro, más fresco
Que tu risa pronta
Clara y espontánea.

Eres tan hermosa
De cuerpo y de alma
Que nada me importan
Tus gritos, ni nada.

-Concha Pelayo-.

JOSÉ LUIS INSAUSTI URIGOITIA

Poeta vasco

AMA LA VIDA, ÁMALA CADA INSTANTE.

Ama la vida, disfruta de lo que te ofrece no te dejes agobiar por los malos pesares: Deja que el amor toque tu puerta...
No le niegues la oportunidad de abrigar tu alma.
¿Quién dice que la vida es fácil?
Es difícil porque vives a veces momentos, de alegrías o de ahogado llanto, pero se aprende tanto de todo aquello, porque después de la tormenta viene la calma.
Si hoy te sientes deprimido, te comprendo, pero no te dejes ahogar por las grandes penas. Observa a tu alrededor como la vida pasa, y ten

fe, en que toda situación por algo sucede.

Si hoy lloras, por un ser querido deja fluir cada lágrima, no sientas pena hacerlo porque las lágrimas, purifican el alma porque solo desahogando tus sufrimientos, sólo así, llegara la paz a tu alma.

Ama la vida valora las cosas buenas y malas, aprende a valorar el amor que te rodea porque siempre habrá personas que te aman solo que a veces no nos damos cuenta.

Si hoy, alguien toca tu puerta, no cierres las puertas al amor, a la amistad porque son sentimientos, de un valor infinito que nada ni nadie puede comprarlos.

Ama la vida, aprende a vivirla, con sus altas y sus bajas. Porque la vida tenemos sólo una y hay que aprender a valorarla...

Somos bendecidos por estar aquí en este mundo, de dónde venimos con un propósito y una nueva esperanza.

LO QUE NO SE DICE, PERO SE SIENTE.

He aprendido que los sueños pueden
cumplirse.
He aprendido que yo no soy como
quiero ser si no como soy.
He aprendido a vivir entendiendo
que para conseguir algo no
vale con sentarse y esperar.
He aprendido que todo lo que
vivimos es necesario, aunque
sea increíblemente doloroso.
He aprendido que la vida no es
como uno quiere que sea
sí no como es.
He aprendido que bajo la coraza más
dura hay alguien que
quiere ser apreciado y amado.
He aprendido que nadie es perfecto
hasta que te enamoras
de esa persona, y sobre todo he
aprendido
que mis sueños me dan la vida.

ME IMPORTA.

Hoy me importa que los
cielos azules de mi vida
sean aún más azules que
las madrugadas de mis
mañanas sean más tempranas
y que las sonrisas que me
acompañen sean más alegres.
Hoy me importa que los
abrazos que me abrazan
sean más fuertes que las
letras que me nazcan, sean
más poemas y que tus ojos
que me miran me desnuden.
Porque hoy en mi otoño
nació la primavera, y en
tu bosque pinte un mar
a mi manera y mi vida, mi vida...
contigo viviré la vida entera.

REFLEXIÓN.

Hay tiempos buenos y tiempos
malos, pero siempre existirá una luz

que nos guíe en esos momentos de oscuridad. Cuando el cielo esté gris acuérdate cuando lo viste profundamente azul. Cuando sientas frío piensa en un sol radiante que ya te ha calentado, cuando sufras una derrota acuérdate de tus triunfos y de tus logros.

Cuando necesites amor revive tus experiencias de afecto y ternura, acuérdate de lo que has vivido y de lo que has dado con alegría. Puedes volver a tener y lo que has logrado, lo puedes volver a ganar. Piensa en lo bueno, en lo amable, en lo bello y en la verdad, recorre tu vida y detente en donde haya buenos recuerdos y emociones sanas. Vívelas otra vez, visualiza aquel atardecer que te emocionó; Revive esa caricia espontánea que se te dio, disfruta nuevamente de la paz que ya has conocido, piensa y vive el bien. Allí en tu mente están guardadas todas las imágenes, y sólo tú decides cual has de volver a mirar.

A ti que hoy me lees que me escuchas sonríe a la vida, el tiempo pasa inexorablemente sobre ti y sobre mí.

SERVIR....

Servir es sembrar... sembrar semillas buenas. No es preciso haberlas recibido o cosechado... ella mana milagrosamente de las recónditas alforjas de nuestro espíritu y del corazón.
Servir es servir a todos y a cualquiera que nos necesite, no preferentemente a quienes, a su vez, puedan alguna vez servirnos a nosotros.
Servir es sembrar siempre... siempre sin descanso, aunque solo sean otros los que recojan y saboreen las cosechas. Servir es mucho más que dar con las manos algo que tienes... es dar con el alma lo que tal vez nunca nos fue concedido.
Servir es distribuir afecto, bondad, cordialidad, apoyo moral, amor por

sí mismo y a veces, ayuda material.
Servir es repartir alegría, es infundir
fe, admiración respeto, gratitud,
sinceridad, honestidad, libertad,
confianza y sobre todo esperanza.
Servir es... en verdad, dar más de lo
que recibimos en la vida y de la
vida.

CUANDO PASAN LOS AÑOS.

Cuando pasan los años,
como agua que se derrama de entre
nuestras manos,
y como los segundos y las horas que
nos dejan,
el pelo se vuelve blanco, como rayos
de luna,
como cascada plateada que caen
entre los manantiales,
al igual que la piel se arruga como
surcos,
donde el tiempo ha quedado
marcados,
como la telaraña donde han quedado
las tristezas y sufrimientos

mientras el tiempo sigue su curso
con pasos agigantados.
No importa mientras sigas estando
vivo,
tu vida vale más que todas las
maravillas del mundo,
y que todas las piedras preciosas
codiciadas.
Sigue adelante aunque sea con pasos
lentos,
que cada huella que vas dejando en
el camino,
es como si dejaras una historia
escrita.
No recuerdes el pasado, ni las
tempestades,
que se cruzaron entre los cuatro
puntos cardinales,
sigue adelante, y no te detengas.
Porque eres un ganador, que has
pasado
las barreras del tiempo,
sin que te durmieras entre tus
mismos recuerdos,
ni entre los años que pasaron.

José Luis Insausti Urigoitia.
País Vasco-Euskadi.

FRANCISCO LAGUNA
Poeta mexicano

MOMENTO MÁGICO

Quiero que tu piel se erice al roce de
mis dedos cuando te exploren,
cuando te recorran palmo a palmo,
borde a borde, hueco a hueco.

Quiero que en un movimiento ágil,
como una gata, te enredes a mi
cuerpo,
y sentir que tus piernas firmes y
suaves me atrapen, me aprieten, me
asfixien,
y que al borde del desmayo
lleguemos a un clímax intenso, a la
vez doloroso y placentero.

Quiero, en una palabra, fundirme
contigo al calor de tu fuego,
que arañes mi espalda y que calles
mis gritos a besos;

yo, a cambio, probaré mi habilidad
para llevarte a la cima, para
arrastrarte conmigo al abismo,
para hacerte elevar en involuntario
vuelo.

HECHIZO

Me llevas poco a poco, sutilmente
me incitas con tu sonrisa al pecado,
despiertas mi lado perverso.
Tu mirada me hipnotiza los sentidos,
y yo, que había dejado de creer en
cuentos,
que no me impresionaba ya con
hadas y princesas,
hoy me muevo al compás de tus
caderas,
y en tu pecho he vuelto a encontrar
las mieles
del placer intenso y desmedido.
En mis manos descubro nuevas
habilidades,
recorriendo tu piel tan suave y tibia;

el fuego me invade cada noche a tu
lado,
y paso los días esperando el
momento
de encontrarnos en tu lecho,
y abrirme paso entre tus piernas,
en una muerte súbita llegar
y hacerte llegar al ansiado clímax.
Desfallecer cansados al final de la
batalla,
para resucitar abrazados cada
madrugada...

Francisco Laguna
México, 2019

SOÑAR

Y, ¿qué nos cuesta soñar?
Si podemos imaginar,
crear nuestro propio universo,
dejar atrás el pasado,
comenzar hoy mismo desde cero.
Podemos tomar nuestras manos,
permitir que vuelen nuestros
pensamientos,

caminar abrazados por el parque,
tomar juntos un café charlando,
bailar al ritmo de nuestros latidos,
luego rozar nuestra piel, fundir
nuestros cuerpos,
ser uno y no dos, aunque sea por un
tiempo.
Únicamente tengo algo que pedirte :
no digas esas dos palabras,
las que se dicen todas las parejas,
si no las sientes con el corazón,
porque cuando un "te amo" no es
sincero,
solo provoca angustia y desilusión.
Mientras no estemos seguros,
vivamos sólo el momento...
¡Hagamos que esto sea posible,
ya no guardemos silencio!

Francisco Laguna
México, enero 2022

LA PAREJA PERFECTA

Apuro el paso,
quiero llegar pronto a casa,
pues sé que ella me espera,
ansiosa y sonriente,
complaciente y bella,
a brazos abiertos,
en mi sillón preferido,
con un vino o un café.
Abriremos el baúl de los recuerdos,
le contaré cómo fue mi día,
me refugiaré en su regazo,
hablaremos largo y tendido,
tal vez me quede dormido,
envuelto en la tibieza de sus brazos.
Puedo hablarle también de mis
fracasos,
de mis intentos por sobrevivir,
de los amores pasajeros,
los que se van más rápido que como
llegan,
ella escucha, comprende y
aconseja,
pues entre nosotros no hay celos
absurdos,

sabemos que al final siempre
estaremos juntos,
mi soledad y yo somos la pareja
perfecta.

Francisco Laguna
México, noviembre 2021

SUS OJOS

Eran dos brillantes luceros
con destellos entre gris, azul y
verde
Inmersos en el diáfano cielo de su
rostro
siempre distantes, mirando al
infinito
deseando tal vez volver a su hogar
divino
Me congratulo por haberlos
contemplado
hoy sé que en realidad existe el
paraíso...

Francisco Laguna
México, 2018

ERA TANTO EL AMOR

Era tanto el amor, y tan intenso,
que no podía quedarse ahí atrapado.
Salió huyendo, derribó muros,
atravesó ciudades,
corrió por todos los caminos,
y aunque salieron a buscarlo de
inmediato,
lo hicieron por rumbos diferentes.
ninguno de los dos pudo
encontrarlo,
y se perdieron ellos mismos sin
remedio.
Era tanto el amor, y tan brillante,
que deslumbró a cualquiera que
pasaba,
borró todos sus recuerdos al
instante,
nadie podria responder si
preguntaban.
Y así pasaron el resto de sus vidas,
hurgando por parajes solitarios,
el amor no volvería a encontrarlos,

y ellos permanecerían perdidos para
siempre...

Francisco Laguna
México, febrero 2022

AGONÍA

Como un viejo león herido,
en un rincón agazapado,
temeroso, débil, cansado,
a merced del cazador.
Lejos ya de su manada,
abandonado a su suerte,
esperando la estocada
que a sus días ponga fin.
El terror de las últimas horas,
la oscuridad de la noche,
el dolor en cada hueso y músculo,
el frío que envuelve al espíritu.
La vida que pasa en un segundo
por la mente atormentada,
trayendo glorias pasadas,
a poco tiempo de que todo acabe.
La melancolía de haber sido,

la tristeza de no ser nunca más,
la impotencia ante lo que se
presenta,
la búsqueda de consuelo,
la desilusión y la desesperanza,
la dificultad tan grande de aceptar,
que hoy, y de una vez por todas,
ha llegado la hora de saldar las
cuentas.

CLÍMAX

Es una explosión de colores,
escalar la cima del mundo,
la entrada al jardín prohibido,
una conexión con el infinito.
Máximo poder instantáneo,
la vida eterna, la muerte pequeña,
ser amo y esclavo a la par,
de un rostro, de una piel,
de un intenso y cálido jadeo.
Sucumbir ante un ávido deseo,
entregarse en un instante al
universo,
perseguir a las hadas misteriosas,
adorar a los dioses legendarios.

Ser alguien antes, y después, alguien distinto,
conocer la creación en un momento.

Francisco Laguna
México, marzo 2022

EL BARDO

La noche termina,
el bardo alucina su mejor canción,
lo inspira la luna,
que aún ilumina el viejo callejón.
Nadie lo ha sabido nunca,
pero él vivió un tiempo una historia de amor,
que en el bar recuerda,
con copas de vino en la mesa del rincón.
Quienes lo conocen,
esperan pacientemente a que se levante,
a recitar sus versos, que salen del alma,

a deshojar su corazón marchito,
a desangrar el recuerdo de su
amada.
Una banca del parque le sirve de
lecho,
en ella descansa su cuerpo
maltrecho,
y la gente al pasar le da una
moneda,
que apenas alcanza para algún
mendrugo,
que lo mantiene vivo hasta llegar la
noche,
pues el vino lo gana ejerciendo su
talento,
envuelto en una gabardina
legendaria,
que conoce más su tristeza que
cualquiera.
Tal vez una noche se derrumbe,
sobre aquella su mesa reservada,
ante el público fiel que aprovecha
sus versos,
para consolar las penas acumuladas.
O quizás en la banca del parque,
que le ha visto llegar cada
madrugada,

quede por fin en descanso su alma
atormentada,
y acabe de una vez con sus pesares.

Francisco Laguna
México, abril 3, 2022

LUNA LLENA

La luna llena es el reflejo de las
almas,
escenario de los sueños,
refugio de los solitarios,
amor secreto -a voces- de los lobos,
inspiración de los poetas tristes,
compañera de los enamorados
depósito para las ilusiones,
consuelo de los abandonados,
mudo testigo de la historia,
juez impasivo de los condenados...

Francisco Laguna
México, 2019

MOMENTO MÁGICO

Quiero que tu piel se erice al roce de
mis dedos cuando te exploren,
cuando te recorran palmo a palmo,
borde a borde, hueco a hueco.

Quiero que en un movimiento ágil,
como una gata, te enredes a mi
cuerpo,
y sentir que tus piernas firmes y
suaves me atrapen, me aprieten, me
asfixien,
y que al borde del desmayo
lleguemos a un clímax intenso, a la
vez doloroso y placentero.

Quiero, en una palabra, fundirme
contigo al calor de tu fuego,
que arañes mi espalda y que calles
mis gritos a besos;
yo, a cambio, probaré mi habilidad
para llevarte a la cima, para
arrastrarte conmigo al abismo,
para hacerte elevar en involuntario
vuelo.

Quiero agotar mi energía en tus
montes y valles, y luego comenzar
nuevamente,
haciendo inmortal este mágico
momento...

Francisco Laguna
México, 2020

MICAELA SERRANO QUESADA
Poetisa catalana

Nacida en Viladecans, Barcelona, 1967. Licenciada en Filología Hispánica, especialidad de literatura por la Universitat de Barcelona. Escribe habitualmente para el diario local DELTAvisión.tv. Colaboradora de Fundación Espejo de Viladecans. Ha sido socia fundadora y secretaria de la Asociación Artística y cultural "Anceo" de la misma ciudad durante los años 2009-2011.Miembro integrante del grupo literario "El Laberinto de Ariadna" y de la Asociación de Escritores de Cataluña. Ha publicado cuatro poemarios: "Vientos Azules", Parnass 2009, "No Dejes de ser lluvia", Parnass 2011, "El latido de la vida", Parnass, 2016 y "Palabras de Luz", Rubric 2020.

Colaboradora de la asociación Susurros de Luz, entidad sin ánimo de lucro, cuya finalidad es difundir, promover, investigar el pensamiento positivo, los pensamientos espirituales, las terapias complementarias y la solidaridad. Fruto de esta colaboración, nace el libro solidario "El superpoder está dentro de ti, Anima Ignis, 2021 coordinado por Jose Mª .Escudero Ramos, presidente de la asociación. Forma parte de las Antologías "10 años de poesía" de El Laberinto de Ariadna, Emboscall, 2008, "Siete voces para una misma palabra, poesía", Bubok, 2009, "Xarnegos-Charnegos", Sial 2010, "Sonrisas del Sáhara", Parnass 2010, "El Crack del 2009", Parnass 2011, "Talla G", Parnass 2011, "Tardes del Laberinto", Parnass 2011, "Voces desde El Laberinto", Parnass 2013, "Las Voces de Ariadna", Parnass, 2018. También forma parte del libro solidario "Separadas somos fuertes, juntas invencibles", antología solidaria en beneficio de la Asociación Virago, Amazon 2021

Ha publicado en el Club Eirene Editorial el relato "Agosto de 2007", sobre sus experiencias acerca del Reiki.

Ha publicado tres novelas: "El abrazo de los girasoles", La Plana, 2014 y "Sabores de alma y sal", Omnia Books, 2018 y "Zebael, vida de un guía", Rubric 2021.

Los libros "El latido de la vida" y "Sabores de alma y sal", tratan sobre su experiencia del cáncer y parte de las ventas han sido destinadas para la "Asociación Coordinadora de Viladecans contra el cáncer"

Forma parte de la plataforma de escritores "Poemame" y del grupo de Escritoras Viajeras, que ha recibido recientemente una Mención de Honor por parte del Ministerio de Educación y Ciencia de Argentina por el proyecto de "Aunando Artes".

Sus lugares en internet: https://es-la.facebook.com/micaela.serranoquesada

https://www.instagram.com/micky.alodia/

DENTRO DE TU CORAZÓN

Dentro de tu corazón
florecen amapolas dulces
que rozan con levedad
tus manos débiles.

Dentro de tu corazón
las estrellas brillan
como satélites dorados
buscando el infinito.

Dentro de tu corazón
los sueños se nutren
del amor sagrado,
voluntad de leones.

Dentro de tu corazón
la Luz nace y se funde

con el alma del Planeta.
Vuelve lleno de caricias
eternas, apartando sombras
esquivas y grises.

Dentro de tu corazón,
está todo el Universo
y el Padre-Madre creadores.
Magnitud de belleza.

VEN Y RODÉAME CON TUS BRAZOS

Ven y rodéame con tus brazos
ágiles y fuertes como águilas,
surcando el vasto cielo.

No me dejes sola
en medio de la noche,
donde los duendes
merodean oscuros.

Abraza mi cuerpo
desplomado en los sueños
y alza mi vuelo

hasta el lejano horizonte.
Allá donde la vida
es de oro y rosas
y huele a miel y verbena.

EL TEMBLOR DE MI CUERPO

El temblor de mi cuerpo
se detiene con el rumor
de las acacias y begonias.

La primavera revienta
de vida las calles, aceras
y praderas de mi ciudad,
en un grito de alegría.

Jilgueros y mirlos
vuelan con la gracia
de los ángeles benditos.
Traen noticias nuevas,
perfumes de Oriente,
inauditos y seductores.

La fiesta de colores
se abre por fin ante mis ojos,

junto con el Vals Vienés
y caricias de violines.

Hoy parece que la vida
nace otra vez, más bella,
rendida al placer,
puro y noble.

"Aprendí a quererme
una tarde de golpe.
Cuando de un bofetón de vida
aterricé en mis pieles"
Angela Becerra

APRENDÍ A QUERERME

Nací muy pequeña, junto a la ribera,
abrazando la soledad.
Nubes de caramelo
se fundían en la niebla.

Luego crecí rápido, y seguía
siendo diminuta como
una hormiga callada
que sigue a su reina despacio.

El aire me iba despeinando
el alma, a rachas de ciclones
y así empezó a abrirse mi pecho,
vacío de sueños y esperanzas.

Un día descubrí que ya podía
subirme a los árboles y bailar
desnuda con cascabeles rojos

Un día aprendí por fin a quererme.
Y convertirme en la mujer
más hermosa y gentil,
valiente y fuerte de corazón.
Amable y dulce,
pero a la vez guerrera,
con la espada de luz
en la mano, apartando
mareas amargas.

Ahora paseo entre las aguas
del mar esmeralda
junto a los delfines.

Olas gigantes
abren mis pasos
y el trono de reina
me espera a lo lejos,
en medio del océano
indómito y radiante.

EL SILENCIO DE LA CIUDAD

De noche escucho el silencio
más oscuro de la vieja ciudad.
Bambolean las estrellas
en un cielo negro
que se cae en pedacitos
junto al rumor de la luna llena.

Una pareja de enamorados
camina por la acera,
ensimismados,
abrazados,
arropados por el viento
y el frío de marzo.

Yo sonrío desde la ventana
recordando que los besos

no se acaban nunca
y hasta se repiten en
portales desnudos,
Metros,
calles vacías,
y oscuros bancos.

El silencio se hace más denso,
parece luchar contra el ruido
de un coche lejano
en la vacía carretera.

El silencio en mi casa
se ordena sigiloso,
avanzando por el comedor,
las paredes y el dormitorio.
Irrumpiendo en el baño
y echándose en la cama.

Mi propio silencio
me acomoda
lentamente entre
las frías sábanas.

EL VIAJE

Viajamos cada día
al despertarnos por la mañana,
y dormirnos por la noche.
Nuestro viaje es largo
y cansado a veces, con largas
paradas que nos enseñan
que la vida es preciosa
y también dolorosa e injusta
en otras estaciones.

Navegamos, sin rumbo y
con el corazón abierto,
aunque con puños cerrados.

Esperamos siempre lo mejor
en cada momento.
Y no llega lo que tanto habíamos
deseado o soñado.
Luego se acaba el viaje
y nos damos cuenta
de que no hemos hecho
apenas un gramo
de ese dorado sueño.

TIEMPO

"Compro un reloj que cuente más
horas que las del día"
                    Gioconda Belli

Ojalá inventaran una máquina del
tiempo
para alargar las horas o acortarlas.
Eso, depende de cada uno,
pero a veces no llegas a todos
los quehaceres de la vida
y soplas al viento intentando
comprar minutos.
Es desesperante ver las escenas
de tu vida corriendo
a todas partes, sin llegar
al final a ningún sitio.
El tiempo es oro,
y no sabemos tratarlo
como tal. Se nos escurre
como arena invisible
y luego lloramos
cuando lo perdemos
para siempre.

EL FINAL DE TUS DÍAS

Cuando el final de tus días
se vaya acercando, agradece
cada paso, cada pensamiento,
cada acto realizado
en este mundo.
Despídete con amor
de tu familia, tus amigos
y también de tus enemigos.
Perdona a todos los que
hirieron tu alma y sobre todo
perdónate a ti mismo.
Avanza con paso firme
hacia el largo pasillo
con el corazón encendido.
¡No tengas miedo!
¡No huyas despavorido
hacia la negra noche!
Siempre hay esperanza,
siempre hay una Luz
que tenderá su mano
para abrazarte.
Busca el consuelo
en el fiel compañero
que vendrá a buscarte.
¡Feliz viaje hacia las estrellas!

APRENDE

Aprende a saber quién eres.
Conoce tu cuerpo, tu alma
escondida y silenciosa.
Busca tus tesoros,
aquellos regalos eternos
que el Universo te trajo.

Eres fuerte y valiente
y hoy decides encontrar
tu verdadero camino.
El que te lleva a descubrir
la magia de cada día.

Hoy decides hacer de tu vida
un milagro constante,
desempolvando a las estrellas.
Hoy decides vivir en comunión
con la Madre Naturaleza
que nos regala sus frutos.
Vivir con serenidad
y en paz infinita.

"Si Dios está en ti, si hay un Mago
Creador
a tu disposición, y si tú has creado tu
realidad,
acepta esta nueva verdad;

TÚ ERES EL DIOS DE TU MUNDO
PERSONAL"

Enrique Barrios

CREADOR DE TU MUNDO

Eres un gran creador de tu mundo,
permitiendo que tu vida
sea la mejor, maravillosa,
simple experiencia de amor.

Tienes grandes dones y talentos
para trabajar con ellos.
Eres una auténtica estrella
que vierte su corazón
en cada instante de su vida.

Mago, hechicero, brujo…
Todo está permitido

desde el amor pleno.
Tus decretos te conducirán
al éxito, al triunfo.
Sólo tu instinto sabe
con certeza tu realidad.
Tu alma pura y libre
brillando siempre,
no se equivoca
ni se pierde
por laberintos recónditos.
Ella sí sabe el camino
único y verdadero.

Micaela Serrano Quesada:
"Palabras de Luz" Ed. Rubric
Poeta y escritora

DAVID GIRACCA
Poeta argentino.

Mi nombre es David Giracca, soy escritor y compositor autodidacta, nacido cn Argentina. Tengo 43 años y resido en Castelar, Provincia de Buenos Aires.
Escribo desde mi niñez, mayormente poesía y canciones. La literatura y la música siempre han sido mis pasiones.
Participo activamente en grupos literarios de redes sociales desde hace 2 años.
Algunos de mis poemas han sido publicados, como colaboraciones, en diferentes revistas literarias virtuales de distintos lugares del mundo.
Así mismo, algunas de mis obras han sido declamadas en programas radiales dedicados a la prosa y la poesía en Latinoamérica.

Actualmente he participado en una antología poética, de formato físico, llamada: Atrapaversos, de la editorial Puerta Blanca de Argentina.
Y cuento con un libro terminado, de poemas, esperando ser publicado.
Pueden seguir mis publicaciones en Instagram o en Facebook, como David Giracca.

SABER PARTIR

Sé que no te importan
mis palabras,
por más amor
que pongo en ellas.

Prefieres oír
a otras voces,
que te pretenden
y te cortejan.

Saber partir
es lo prudente,
sin un reclamo
ni una queja.

Saber partir
se vuelve urgente,
te doy mi amor,
me vuelvo ausencia.

David Giracca

DECIR TE AMO

¡Qué bueno es
 decir te amo,
sentirlo y gritarlo,
vivirlo y gozarlo!

No tengo más por qué callarlo,
quiero abrazarte con mis palabras
y en ellas que encuentres
el latido ofrendado.

Felicidad compartida,
la de nuestras vidas.
El unir senderos,

mejoró los días.

El universo quiso
fuera nuestro sino,
transitarlo juntos,
amar, el camino.

David Giracca

¿DE QUÉ ME HE DE QUEJAR…

¿De qué me he de quejar
cuando llegue la muerte?
Si he vivido
como he pensado.

Que no es suficiente el tiempo,
lo sabía de antemano.
No me han quedado deudas,
las pendientes he saldado.

Una vida nunca alcanza, para ver
todos los sueños logrados.
Mas aún, el aprendizaje

conmigo he de llevarlo.

He sembrado y cosechado.
He andado y descansado.
Hubo tiempo de expansión
y también lo hubo de repliego.

¿Cómo no estar agradecido?
Aún tengo mucho por dar,
mas, cuando deba marchar,
lo haré feliz y contento.

-David Giracca-

NO TE PREOCUPES POR MÍ

No te preocupes por mí,
sólo estoy de paso,
cuando mi trabajo
haya terminado,
me habré marchado.
 Es mi misión,
ir peregrinando.
El tiempo es corto
y el viaje es largo.

Te dejo mi amor
como recado,
crecimos juntos
al encontrarnos.
 En mi partida,
yo te agradezco
lo compartido
junto a tu lado.

-David Giracca-

LA GUERRA

La guerra siempre es absurda,
pues sólo hay perdedores.
Es la ambición cegadora,
la que todo lo destruye.

Es injusta tanta sangre
derramada entre hermanos,
divididos por cuestiones
que corrompen al humano.

Tanta pérdida en familias,
destrozadas y arrasadas,

sufrirán las consecuencias
irreparables al alma.

Tanto camino ha andado
la humanidad en el tiempo,
y no se aprende de errores
que se siguen cometiendo.

David Giracca
PAÍS: Argentina.

¡QUÉ BUENO ES AMARNOS!

¡Qué bueno es amarnos,
tan sanamente,
sin celos ni egoísmos!
con total libertad,
 para reelegirnos.
 ¡Qué madura mirada
nos otorga el tiempo!
Cómplices en todo
lo que compartimos.
Siendo comprensivos
en las diferencias,
aprendemos juntos
a menguar carencias.

 Y es que ambos crecemos
con la otra mirada,
con sinceridad,
sin guardarnos nada.

David Giracca
PAÍS: Argentina

AMANSA LA TARDE

Amansa la tarde
las horas de ausencia.
El reflejo del cielo,
sobre la mesa.

Llueve a cataratas
el aroma a tu recuerdo.
Soy un espectro
que habita silencios.

David Giracca
PAÍS: Argentina

AMARES Y SENTIRES

Quiero inundar
tu jardín con melodías,
de amares y sentires,
e iluminar tu vida.

Trepar a tu balcón,
como la hiedra,
coronarte con flores
y diadema.

Cardúmenes de amor
para tu bahía.
Quiero poblar tu cielo
interno con poesías.

David Giracca
PAÍS: Argentina.

PRIMAVERA

En los jardines
florecerán las rosas,

trayendo tu esencia.

Y el perfume de los jazmines,
iluminará la casa
con tu nombre.

En los floreros
rebalsarán los lirios,
bouquet de primavera.

Melodía fresca,
jovial epifanía,
la suave brisa,
y el beso en espera.

David Giracca
PAÍS: Argentina

MUSA IRREVERENTE

Soy ese canto,
desgarrado y sentido,
que grita: Te amo,
sin decirlo.

La caricia,

que quema tu piel
con el recuerdo.

La lágrima escondida,
en nuestros sueños.

Tú eres la luz,
la alegría y la virtud

La palabra acertada,
la sonrisa constante.

La enseñanza diaria,
para superarse.

Tú eres mi amada,
musa irreverente
y desafiante.

David Giracca
PAÍS: Argentina

JOSE BEDIA GONZÁLEZ
Poeta norteamericano

BAUL DE LOS RECUERDOS

Precioso baúl donde guardo los recuerdos que me dejó tu amor: la luz de tus ojos, un mechón de tus cabellos, el néctar que cada beso tuyo dejó en mis labios y el ansiado perfume de tu piel.

Inolvidables recuerdos que guardo de ti: nuestras primeras caricias, el roce de tus dedos en mis manos trémulas, el calor de tu cuerpo al unirse con el mío, la luna llena complacida con nuestro amor, brillando en el
alto cielo.

Recuerdos de los que nunca podría
prescindir: tus manos pequeñas entre
las mías, que no te permitía
retirar, empeñado en abrirte mi alma
de par en par el día en que te declaré
que no podría vivir mi vida sino a tu
lado.

Bellos recuerdos que de mí nunca se
borrarán: mi primer regalo el día de
tu cumpleaños, el jarrón de rosas,
tus ojos en busca de los míos, la
pasión del amor compartido.

Baúl de los recuerdos donde hay
cabida para los tiempos buenos, para
los tiempos malos, para cada poema
que me inspiraste o cada una de las
canciones que escuchamos en las
noches, mejilla contra mejilla.

Baúl de los recuerdos que, cuando
ya no estemos y alguien lo abra,
encontrará tan solo amor en cada
uno de sus rincones y sabrá cuánto
nos adoramos y cuán felices tú y yo

supimos ser a pesar de las
inevitables adversidades de la vida.

José Bedia González

SOÑAR NADA CUESTA

Soñar nada cuesta, señora del alma
mía, que con el don de mi fantasía y
el amor que por usted siento,
soporto el crudo e insípido mundo
real que me cerca de imposibles y
desdichas durante el día y vivo la
vida que anhelo en la noche, cuando
dejo mi alma volar en libertad a
vivir su propia vida, lejos de
cualquier atadura del mundo físico.

Soñar nada cuesta y es lo que hago
yo -que de usted yo consigo vivir la
vida que nunca viviré más que en mi
fantasía-, cuando libero su alma de
la prisión de su cuerpo y la traigo a
morar a mi mundo, donde le tomo
las manos y les doy mi calor, donde
el roce de mis dedos acaricia la

palma de sus manos sin necesidad
de licencia alguna de su parte, donde
con mis labios me atrevo a rozar los
suyos en un beso tan leve como el
que pudiera dejarle el viento, celoso
de mi amor, como el de dos
adolescentes que por primera vez se
besan en la boca.

Soñar nada cuesta, y es así que
acarician mis dedos sus cabellos y
los desatan de su nudo para que en
completa
libertad luzcan su belleza, tal como
lo hacen en esa foto que tanto me
gusta y que miro noche tras noche
antes de ir a la cama.

Soñar nada cuesta y, en mis sueños
fantasiosos, la llevo a mi lecho para
que more en mis sueños, para
dormir los dos abrazados por la
cintura, mejilla contra mejilla, mis
labios sobre los suyos para así
absorber del todo su aliento.

Soñar nada cuesta y es por eso que
con usted de la mano recorro las
playas -con el sol a nuestras
espaldas
ocultándose en el inaccesible
horizonte para dar paso a la noche
de luna llena que alumbre nuestro
paso por la arena- y las cimas de las
colinas de flores, sus aromas
embriagando nuestros sentidos, para
trazar los inexistentes proyectos de
una vida entrambos compartida.

Soñar nada cuesta y con usted crea
mi fantasía un mundo de ensueño
que ya ni siquiera sé si es más real
que la propia vida que vivo -tan
desabrida y falta de color-, donde
poder compartir el amor que solo
sienten
las almas que verdaderamente se
aman, una vida que tal vez usted
misma esté soñando ahora, en medio
de la oscuridad de su habitación, sin
que lo sepa yo.

Soñar nada cuesta y por eso la invito
a compartir mi sueño, si así lo desea
su corazón, pero también le
advierto: despertar a la vida,
devolver el alma al cuerpo, pudiera
ser muy costoso.

José Bedia González

UN DÍA ME IRÉ

Un día me iré a un mundo
que solo de oídas conozco yo,
un mundo sin políticos mendaces
que atraen a descerebradas
multitudes
con sus hermosos cantos de sirena
para conducirlas al naufragio
a cambio de sus riquezas y su gloria.

Un día me iré a un mundo
sin espacio para las guerras,
las violaciones y la muerte,
donde el arma artera no arranque
la vida a los inocentes

de tan tiernas edades
que ni aquilatar pueden
la magnitud de la maldad.

Un día me iré a un mundo sin
proxenetas
ni actores de películas de
intimidades
que explotan el pecado y corrompen
la inocencia
como gusanos que se ensañan
voraces;
de donde el engaño y la codicia,
de donde la maldad y la avaricia,
hayan sido para siempre desterrados.

Un día me iré a un mundo donde me
despojaré
de las imperfecciones de mi
carácter,
donde perderé este cuerpo que se
corrompe
cuando la vida terrenal le abandona,
donde la enfermedad que heredé
de los primeros tiempos no me
lastimará más

y donde mis horas no conocerán
caducidad
ni mis pensamientos encontrarán
una y otra vez el camino de la
maldad.

Un día, un día será el día de
mejorar.
Entonces, ¿por qué tanto temer a la
muerte
que de suerte tal me hará cambiar?

José Bedia González

CONFESIONES DE UN AMOR QUE NUNCA TUVO DERECHO A NACER

Escucha atenta y trata de no
escandalizarte ni interrumpirme por
esta vez. Te lo digo mirándote a los
ojos, que nada es mentira o pasión
que busque algo bajo. Después que
te lo diga todo, tendrás todo el

tiempo del mundo para apostrofarme a gusto y seré entonces yo quien calle. Mi único lenguaje entonces serán las lágrimas que se deslicen por mi rostro para humedecer mis mejillas.

Igual que un volcán llega un momento que no soporta la presión y estalla en lava y fuego, así mi alma estalla hoy de tanto que he callado y sentido la opresión de una pena que desde años me consume.

Nunca pensé que te confesaría tanto sentimiento reprimido, tanta angustia guardada en el pecho. Quizás me sentí demasiado fuerte y pensé que de mi boca nunca saldrían estas palabras, pero ya ves, hoy me confieso débil y desarmado, hoy ya no creo en la fortaleza de mi carácter ni en el poder de la prudencia. Hoy hablo porque no puedo más soportar la carga del silencio.

Siempre prometí no faltarte y no
creo que lo haga en esta ocasión.
Solo compréndeme y no me juzgues
con demasiada dureza, que yo no
tengo culpa de amarte como te amo,
que no es este un amor que busqué;
simplemente llegó aun cuando
nunca debió haber nacido.

Sé que entre nosotros nunca podrá
haber nada. Son muchas las razones,
quizás ni siquiera las conoces tú
todas, porque esas que no conoces
me las callo. Ni siquiera pretendo
otra cosa que aliviar mi pecho, pero,
déjame terminar, por favor…, solo
quiero aliviar mi alma de esta carga
que me resulta ya insoportable, que
me sabe a cruel enfermedad porque,
¿sabes?, también el alma enferma y
muchas veces el mal se torna
incurable si no se recurre a una cura
radical, dolorosa, como
ésta a la que hoy recurro.

Y sí, ya te dije. Te amo desde hace
mucho tiempo y he llevado este

amor tan oculto como he podido. No creo que para ti sea una novedad, eres lo suficientemente madura como para haberte dado por enterada desde hace mucho: mi interés por buscarte, mis miradas y mis poemas no pueden haber pasado inadvertidas para ti.

Hoy me pones en una encrucijada, me cierras toda puerta de acceso a ti y tu decisión me rompe el corazón. Por eso te lo cuento todo, con rubor y temblor, con lágrimas en los ojos, con esta pena que me desborda el alma.

Yo quedo tranquilo con lo que te he dicho, porque te hablé con el corazón en la mano. Ahora puedes decidir qué castigo me aplicarás, si odio, rencor, las más duras palabras, el peor de los juicios, si negarme el derecho a mirarte…, no me importa si me condenas, si no puedes entenderme porque yo sé que más allá de lo que pienses y del destino

que me depares, no hice más que ser
sincero, no otra cosa…

Después de todo esto podría secarse
la fuente de mis poemas, pero no te
puedo asegurar, nunca podré, que
con ella se seque la fuente de todo el
amor que siento por ti.

José Bedia González

Y VOLVERÁS A AMAR

Y volverás a amar
y a recorrer los campos
que te darán de nuevo
su más cordial bienvenida.

Atrás quedarán
los negros trapos del luto
por el amor perdido,
por el amor ingrato
que no supo agradecerte
todo el inmenso color
con que coloreaste su mundo.

Y volverás a amar,
a reír y a disfrutar tu vida,
a apreciar la belleza
de los campos y los ríos
que a tu paso esbozarán
una complacida sonrisa,
que se gozarán de verte volver,
feliz y renovada,
por haber triunfado
del abandono y la desdicha.

Y volverás a amar,
volverás a tu andar airoso
y dirán todos que ha sido un
milagro,
que ha sido como volver a nacer
a la dicha y el placer de sentirte
viva.

Y volverás a amar
y solo yo sabré, solo yo
que tan bien te conozco,
que a tu vida ha llegado
de nuevo el amor,
y yo solo, yo solo sabré
quién es ese afortunado

que ha hecho abrir de nuevo
los pétalos de tus rosas
a la plena luz del sol
y a las hermosas noches
de plenilunio.

José Bedia González

A SOLAS CONTIGO

A solas contigo para que me
perdones por haberte querido sin
derecho a hacerlo, por haber
pretendido, aunque solo fuera con el
pensamiento que algún día podría
haber llegado yo a entrar en tu vida
por la puerta ancha de tu corazón.

A solas contigo para explicarte mis
razones, porque también habría sido
yo juguete prohibido si de mí
te hubieses llegado a enamorar.

A solas contigo para decirte que el amor es un pájaro sin razón que vuela de un alma a otra en busca de un nido, que no medita, no nace porque se quiera traerlo premeditadamente a la vida, sino que llega, a veces cuando menos se espera, sin buscarlo y, hasta sin desearlo en alguna que otra ocasión.

A solas contigo para expresarte que el amor no reconoce límites de terrenos, propiedades privadas ni diferencias de edad o raza, que es sentimiento puro que ni siquiera mide las consecuencias de lo que hace.

A solas contigo para que excuses mi prosa desbordada, tantos versos a ti dedicados, mis muchos mensajes de amor y todos esos sueños en que liberé tu alma dormida para llevarla a volar conmigo, las veces que te besé dormido y las caricias que no logré atar con cuerdas para que mis manos nunca mancillaran tu terreno prohibido.

A solas contigo para pedirte que me comprendas y no me juzgues. A fin de cuentas, si en esta historia hay algún culpable, es mejor buscarlo en tu belleza y tu gracia, es mejor pensar que no somos sino yesca y pedernal que en cualquier momento y circunstancia podemos ser capaces de originar un fuego de proporciones insospechadas.
José Bedia González

UN DÍA VENDRÁ

Un día vendrá de nuevo
el hombre bueno
que en medio del oprobio
y la peor crueldad
su humana vida perdió,
aquel a quien con odio,
tanto amor, compasión
y buenas obras

el mundo pagó.

Un día vendrá de nuevo
el guerrero victorioso
que a la muerte venció,
que predicó amor y no odio,
a devolver a cada quien
lo que a cada quien perteneció.

Un día vendrá de nuevo
a recoger a los hermanos
que en abandono
y desconsuelo dejó
aquel tan triste día
en que el malvado mundo
parecía haber vencido
al más puro amor.

Un día vendrá de nuevo,
vendrá a validar su credo,
el que su Padre le enseñó,
aquel caminante que
por polvorientos caminos
de Galilea, Judea y Samaria,
al paso de sus sandalias
su huella en la senda dejó.

Un día vendrá de nuevo
el que por las cunas
de los cuatro vientos,
esta vez en blanco
y enjaezado corcel,
de majestad revestido,
su eterna impronta volverá
una vez más a dejar,
el que su postrera
y definitiva batalla librará
para por siempre jamás
su reino de eterna justicia
en el universo instaurar.

Un día vendrá,
un día no lejano ya
y le estaremos esperando,
las lámparas encendidas,
velando en la noche oscura
el avistamiento de su estrella.

José Bedia González

TALENTO EL TUYO

Talento el tuyo para sacarme de tu vida, cuando como un pobre náufrago creí alcanzar tu playa, no el mío que a fuerza de verso y poesía quiso apoderarse de tu amor y nunca llegó a mellar la dureza de un corazón incapaz ya de amar.

Talento el tuyo para eludir una respuesta a los requiebros que tu belleza, y no mi ingenio, sacaron a flor de labios para dedicártelos con la misma entrega con que se regala la flor que se destina, desde que se cosecha, a la mujer amada.

Talento el tuyo para esquivar mis reclamos, que nunca mis dardos alcanzaron a herir tus ansias y terminaron por perderse en el vacío sin premio al tesón de un arquero

con tan precaria puntería para
alcanzar la diana.

Talento el tuyo para buscar pretexto
tras pretexto para no regalarme
minutos, segundos, que hasta estos
me habrían bastado para mantener
viva la esperanza y esforzarme en
encontrar nuevas estrategias de
llegar a tu vida.

Talento el tuyo, como el de la resaca
para alejarse de la costa que antes
lamió el mar, para no caer en la
tentación de flores y versos que a
fuerza de pétalos o hermosas
palabras abrieran brecha en tu alma
para allí poder, finalmente,
descansar de tan vano empeño.

José Bedia González

BIENVENIDA A LA VIDA

Bienvenida a la vida,

niñita preciosa,
hoy bebita inocente,
mañana mujer hermosa
que manzana será en la boca
que querrán morder los malvados
para luego escupirla en pedazos
como una fruta envenenada.

Bienvenida a la vida,
niñita preciosa,
que solo le pido a Dios
te conceda juicio y razón
para elegir el camino mejor
que has de seguir en la vida
y que no se nuble tu razón
ante mezquinos halagos,
ante todas las trampas
que te pongan los infames
para en tu cuerpo saciar
sus miserables deseos
de lujuria, pasión miserable.

Bienvenida a la vida,
niñita de mi alma en pena,
que sufro de solo pensar
en lo difícil que se hace la vida,
a veces camino de rosas,

a veces matojos de espinos,
a veces olas y playa
y muchísimas otras,
polvorientos caminos.

Bienvenida a la vida,
niñita del alma mía,
que solo me apena en la vida
no poderte acompañar
a lo largo de todo el camino
para darte yo siempre a ti
el mejor de los consejos,
para que evites la caída
por tanta piedra en tu camino.

Bienvenida a la vida,
niñita de cabellos de oro,
niñita que vienes al mundo
a alegrar mis días de pena,
que quitas mi sueño de noche,
que más tarde o más temprano
has de aprender a andar sola,
que no siempre estaré a tu lado
para llenar tu camino de rosas.

Bienvenida a la vida,
niñita mía bien amada,

a Dios le pido te aconseje
el día que ya yo no aliente
en este mundo tan bajo,
pues ha sido quien siempre
seguro ha guiado mis pasos.

José Bedia González

MACLUG D´OBRHERAVT 5

POESIA MACLUGIANA 5

CERVANTES 6

REALIDAD 7

ADIOS 8

A LA FRANCESA 9

A JOSE ROMERO DIEGO ... 10

PIEDRA BLANCA 11

LOS ÁNGELES 12

BOLERO DE ALGODRE 15

EL JUEGO DEL AMOR. 17

FÉMINA 18

ANTONIA PILAR VILLAESCUSA RIUS.........20

ALGÚN DÍA. 20

AMO. 22

CONVERSACIONES CON MI ADOLESCENCIA. 23

POÉTICAMENTE HABLANDO 25

MARINERA 26

NO LLORES.......................27

POR SI ACASO....................29

MIS OJOS SON COMO TÚ QUIERAS... 31

VEN 33

ME QUIERO ASÍ. 34

CONCHA PELAYO 36

SENSACION 36

ANGUSTIA 37

UN REGALO.......................38

DÁDIVA 39

TORRENTE 39

PREÁMBULO...................... 40

JUEGOS 41

CONCIENCIA...................... 42

AUSENCIA 43

NO HUYAS, AMOR............. 44

PERDIDA EN MI VIENTRE 44

MI NIÑA 45

JOSÉ LUIS INSAUSTI URIGOITIA..................... 47

AMA LA VIDA, ÁMALA CADA INSTANTE. 47

LO QUE NO SE DICE, PERO SE SIENTE.......................... 49

ME IMPORTA. 50

REFLEXIÓN....................... 50

CUANDO PASAN LOS AÑOS. 53

FRANCISCO LAGUNA......56

MOMENTO MÁGICO.........56

HECHIZO.............................57

SOÑAR.................................58

LA PAREJA PERFECTA......60

SUS OJOS............................61

ERA TANTO EL AMOR......62

AGONÍA...............................63

CLÍMAX..............................64

EL BARDO...........................65

LUNA LLENA......................67

MOMENTO MÁGICO.........68

MICAELA SERRANO QUESADA..........................70

DENTRO DE TU CORAZÓN..........................73

VEN Y RODÉAME CON TUS BRAZOS...............................74

EL TEMBLOR DE MI CUERPO 75

APRENDÍ A QUERERME ... 76

EL SILENCIO DE LA CIUDAD 78

EL VIAJE 80

TIEMPO 81

EL FINAL DE TUS DÍAS 82

APRENDE 83

CREADOR DE TU MUNDO 84

DAVID GIRACCA 86

SABER PARTIR 87

DECIR TE AMO 88

¿DE QUÉ ME HE DE QUEJAR… 89

NO TE PREOCUPES POR MÍ 90

LA GUERRA 91

¡QUÉ BUENO ES AMARNOS! 92

AMANSA LA TARDE..........93

AMARES Y SENTIRES........94

PRIMAVERA 94

MUSA IRREVERENTE........95

JOSE BEDIA GONZÁLEZ.97

BAUL DE LOS RECUERDOS.......................97

SOÑAR NADA CUESTA 99

UN DÍA ME IRÉ 102

CONFESIONES DE UN AMOR QUE NUNCA TUVO DERECHO A NACER 104

Y VOLVERÁS A AMAR....108

A SOLAS CONTIGO 110

UN DÍA VENDRÁ 112

TALENTO EL TUYO 115

BIENVENIDA A LA VIDA 116

Printed in Great Britain
by Amazon

83105375R10078